alta mar

Humor

Bruño

Director de Ediciones y Producción
J. Ramírez del Hoyo

Jefe de Producción
J. Valdepeñas Hernández

Coordinadora de Producción
M. Morales Milla

Directora de la Colección
Trini Marull

Diseño gráfico
Tau Diseño, S. A.

Simón, Simón

Emilio Sanjuán

Ilustración

Javier Zabala

Taller de lectura

Antonio-Manuel Fabregat

Ediciones:

Primera, 1989; segunda, 1990; tercera, 1990; cuarta, 1991; quinta, 1992; sexta, 1992; séptima, 1993; octava, 1993; novena, 1994; décima, 1995; undécima, 1996; duodécima, 1997; decimotercera, 1998; decimocuarta, 1999; decimoquinta, 2000.

Decimosexta: abril 2001.

ISBN: 84-216-1109-7
D. legal: M. 11.765–2001
Impresión: Gráficas Rógar, S. A.

Printed in Spain

haz tu propio fichero

Emilio Sanjuán

- Nació en Madrid.
- Durante muchos años ejerció como profesor en diversas regiones españolas.
- Ha publicado bastantes libros, tanto de carácter informativo como de entretenimiento.
- Entre sus obras destacan *Carlos Baza, «Calabaza»; Carbonilla; El dragón pastelero; El dinosaurio bombero, La bruja Malapata* y la continuación del libro que ahora tienes en tus manos, también publicada en esta Colección con el título de *Las vacaciones de Simón, Simón.*
- En la actualidad comparte la narrativa infantil con la coordinación y dirección de libros de texto en una importante editorial.

alta mar

para ti...

Cuando yo era un poco más bajito,
de esto hace ya muchos años,
tuve la gran suerte de conocer
a don Anselmo. Durante mucho tiempo
fue mi maestro. Ahora, cada vez
que le veo tomando el sol sentado
en cualquier banco de cualquier parque,
me acerco a él, miro su pelo
tan blanco como la nieve
y le doy un abrazo tan largo
como su vida.

*A todos los niños
de 0 a 90 años.*

1

Cuando Simón era pequeño

SIMÓN tenía su misma edad. Era tan listo como él mismo y tan auténtico como su retrato.

Simón era hijo de su padre y se le parecía mucho: bueno, bastante más bajito.

Simón corría con sus propias piernas; nunca se planteó cambiarlas por las de otro. Tampoco cambiaría sus manos, y menos aún su cabeza, que le permitía imaginar aventuras e historias como a ningún otro niño de su edad. Así que, Simón era Simón. Sí, Simón era Simón, y en este caso, nunca mejor dicho, porque algunas veces hay niños que se llaman Luises y no son Luises, o niñas que se llaman Lolas y no son Lolas. Simón era Simón.

Su único defecto era ser un tardón. Siempre llegaba tarde a todos los sitios por culpa de su imaginación. Un día se perdía en el bosque, otro día se encontraba con unos piratas, otro se dormía en la biblioteca, otro se convertía en espantapájaros, otro... Sus padres ya le conocían. Pronto se dieron cuenta de que no podían corregir su despiste. Y, además, cada día querían más a su hijo tal como era: Simón.

Una tarde de otoño en la que lucía un sol espléndido, Simón se dirigía al colegio. Por el camino se topó con una larguísima tapia. A Simón se le despertó la curiosidad, se asomó y saltó al otro lado. Era una maravillosa huerta con ajos y cebollas, tomates y pepinos, manzanas y cerezas. Había de todo, y en medio de la huerta, un espantapájaros.

Simón, después de comerse algunas manzanas, se acercó al espantapájaros para verlo de cerca.

«Pobrecillo», pensó. «Debe estar muy aburrido», y le examinó de arriba abajo.

—¿Te puedes quedar aquí un momento? —le preguntó el espantapájaros a Simón.

—¡Atiza! —exclamó Simón, sorprendido—. Nunca había oído hablar a un espantapájaros.

—Anda —insistió de nuevo el espantapájaros—, sólo es un ratito, el tiempo justo para estirar un poco las piernas.

—Bueno —accedió Simón—, si sólo es un rato...

—¡Gracias! —dijo el espantapájaros y se quitó el sombrero y la chaqueta..., y entregó toda su ropa a Simón.

Simón se vistió con aquella ropa, colocó los brazos en cruz y se quedó quieto.

«¡Qué tontería esto de ser espantapájaros!», se dijo, pero se sorprendió más aún cuando comprobó que

sus pies estaban clavados en la tierra. Simón no podía moverse.

En ese momento llegaron varios pájaros y se posaron en sus hombros, y como vieron que no les ocurría nada, comenzaron a picotearle la nariz y las orejas.

«Vaya fastidio», pensaba Simón. «Ser espantapájaros es un rollo.»

Así permaneció largo rato, hasta que se hizo de noche y los pájaros se fueron a dormir.

«¿Dónde se habrá metido ése?», refunfuñaba Simón, y se le abría la boca de hambre y de sueño.

Luego, una lechuza se le posó en el sombrero y estuvo durante un buen rato mirándole fijamente a los ojos.

«¡Qué cara de tonto tiene este espantapájaros!», se decía la lechuza.

Por fin, a lo lejos, Simón vio venir al espantapájaros.

—¡Gracias, amigo! —dijo—. He pasado una tarde estupenda. Si quieres, mañana te pasas otro ratito por aquí...

—No, no, déjalo —respondió Simón y salió a todo correr.

Cuando Simón contó a sus padres y al maestro lo que le había ocurrido, ninguno de ellos le creyó.

2

Simón tenía una hermana

SIMÓN tenía una hermana a la que llamaba Fita.

Todos los días, al salir del colegio, los dos hermanos jugaban en el mismo cuarto, pero Simón nunca dejaba de molestar a su hermana. Si Fita peinaba a sus muñecas, Simón se las despeinaba. Si Fita saltaba a la goma, Simón se la enredaba, y al final la pobre Fita tenía que deshacer un montón de nudos.

Hacía algunos años que la abuela había regalado a Fita un muñeco muy grande al que pusieron el nombre de Gigantón. Tenía una enorme cabeza y era casi más alto que Simón. Gigantón era el muñeco preferido de su hermana.

Un día, aprovechándose de que Fita no estaba en casa, Simón decidió jugar con el muñeco a indios y vaqueros. Lo tiraba por los aires, lo pisaba, le daba puñetazos y saltaba con él por encima de las camas y de los sillones. Con tantos golpes, el muñeco se descosió y perdió su relleno. La casa quedó cubierta de trocitos de esponja.

Cuando llegó Fita, encontró a Gigantón destrozado. Simón le dijo a su hermana, muy serio y varias veces, que él no sabía nada sobre lo ocurrido.

Fita, enfadada, recogió el muñeco y dijo solamente esto:

—Ya verás...

Pasaron algunos días, y una tarde, cuando Simón jugaba con dos soldados de plástico y les hacía pelear entre sí, oyó una voz que le puso los pelos de punta:

—Los soldados no quieren pelear. ¡Son amigos! Así que... ¡vete!

Simón se dio la vuelta y vio a Gigantón sentado en una silla.

«Los muñecos no pueden hablar», pensó Simón, pero por si acaso, salió de la habitación y se fue a ver la tele.

Durante toda la tarde estuvo muy callado y pensativo, tanto que se le olvidó ir al colegio. Claro, después, cuando explicó lo que le había pasado, nadie le creyó.

Al día siguiente, entró en su cuarto, miró muy serio a Gigantón y, pasado un rato, se puso a jugar con su tren de pilas.

—El tren no quiere jugar. ¡Vete a hacer los deberes! —dijo de nuevo Gigantón.

Simón, asustado, no replicó y se marchó a hacer sus deberes.

Durante una temporada estuvieron sucediendo cosas como éstas. Simón ya empezaba a estar harto, pues un día el muñeco le pedía caramelos, otro día la paga del domingo, otro que no viese los dibujos animados. Así que decidió acabar con aquello.

Entró en el cuarto donde estaba Gigantón y con el palo del cepillo de barrer le propinó un buen coscorrón.

—Se acabó —dijo Simón.

Desde aquel día Gigantón no volvió a hablar.

Lo más extraño de todo fue que Fita estuvo casi una semana luciendo un chichón en la cabeza. Nadie supo cómo se lo había podido hacer, y tampoco ella lo explicó.

3

Cuando Simón creció

CON el tiempo, Simón se fue volviendo más responsable. Ya no hacía rabiar a su hermana pequeña. Ahora tenía otros intereses: visitar a su amigo el espantapájaros y, sobre todo, estudiar. Bueno, la verdad es que a Simón le gustaba mucho estudiar, pero no las cosas que normalmente se estudian en el colegio, no; a Simón le gustaba estudiar la vida de las lombrices de tierra, la alimentación de los lagartos, y todo aquello que estuviera relacionado con animales pequeños y salvajes.

Cuando andaba apuradillo de dinero, vendía lombrices a sus amigos. Por un duro daba un bote lleno.

En los días de lluvia y frío, Simón no podía salir de casa y se entretenía dibujando. Ésta era otra de sus aficiones. Dibujaba siempre un personaje llamado «Supermosca». «Supermosca» era muy pequeño y estaba hecho con cinco rayas: una para el cuerpo, dos para los brazos y otras dos para las piernas. La cabeza era un punto negro y grande. Lo más importante de «Supermosca» eran las alas. Tenía dos alas, colocadas como si se tratase de una capa que le per-

mitía volar y hacer todo tipo de acrobacias en el espacio.

Cierto día, Simón dibujó una nave espacial preciosa, con diez cohetes propulsores en la cola y una antena capaz de detectar marcianos a gran distancia. La nave saldría en vuelo de reconocimiento hasta el planeta Xirius.

Todo estaba dispuesto, así que montó a «Supermosca» y la nave despegó.

Al poco tiempo de haber empezado el viaje, aparecieron cientos de naves enemigas y abrieron fuego contra «Supermosca». «Supermosca» se defendió como un valiente, pero fue alcanzado por el rayo de una nave enemiga y perdió un brazo.

Otro día, «Supermosca» se enfrentó a cincuenta robots galácticos, y después de una terrible lucha de rayos y estrellas atómicas, perdió una pierna.

«Supermosca» rara vez salía victorioso de las batallas. Por esta razón, se cansó de luchar, se salió del papel y se marchó por debajo de la puerta. Simón se quedó sin su héroe. «Supermosca» ya estaba harto de bombas y balas y de montarse en naves espaciales que siempre eran derribadas por el enemigo.

4

Cuando Simón perdió su sombra

UN día, cuando Simón salió a la calle, se dio cuenta de que su sombra no le acompañaba. Subió rápidamente a casa y buscó por todas partes: debajo de las camas, en los armarios, en el frigorífico, pero nada, su sombra no aparecía por ningún sitio. Volvió a la calle y miró en el parque, en los quioscos... Su sombra se había perdido.

Simón se quedó preocupado y se sentó en el bordillo de la acera para ver si se le ocurría algo. De pronto, un perro pasó por su lado ladrando. Llevaba atados a la cola varios botes de conserva vacíos. El perro iba como loco. Enseguida Simón tuvo un presentimiento: nadie más que su sombra podía ser capaz de semejante gamberrada, así que se levantó y trató de alcanzar al perro.

El animal, asustado por el ruido de las latas, entró en el mercado y corrió entre la gente, que al verlo corría despavorida también. Una pila de botes de detergente cayó al suelo. Una señora se enredó con la cuerda y las latas y también se cayó, desparramando por el suelo todo lo que llevaba en la cesta de la com-

pra. Al pasar por la pescadería, el perro tiró un barreño con cangrejos, y éstos empezaron a subirse a los pies de las señoras que estaban comprando.

—¡Cazad a ese perro! —gritaban todos.

Simón, avergonzado, perseguía al perro; por fin, logró que se metiera en un pequeño almacén sin salida. Con mucho cuidado se acercó al animal y consiguió tranquilizarlo.

—¿Es tuyo ese perro? —preguntó el dueño del almacén, un carnicero que llevaba un larguísimo cuchillo en la mano.

—No, no es mío —respondió Simón, mientras desataba las latas del rabo del perro, todavía asustado.

—Entonces, ¿por qué lo persigues? —insistió el carnicero.

—Porque mi sombra ha sido quien le ha atado eso al rabo. Me ha tocado una mala sombra. En cuanto me descuido, se me escapa y hace alguna gamberrada.

El perro, aprovechando la conversación, salió corriendo y desapareció por las calles.

—¡Qué cara más dura tiene este chico! —dijo una señora.

—Nos ha tomado por tontos —añadió otra.

El carnicero cogió a Simón por el brazo y lo echó fuera de su almacén. Ya camino de su casa, Simón sintió que alguien le desataba los cordones de los zapatos. Era su sombra que había regresado a su lado.

—¿Cómo se te ha ocurrido semejante gamberrada? —le preguntó Simón.

—Me aburría mientras hacías los deberes y he dado una vuelta por el barrio —contestó su sombra.

—Pues te vas a quedar en casa y no vas a salir nunca más —le dijo Simón muy enfadado.

Pero la sombra le hizo burla y salió corriendo.

—¡Eh!, ¿adónde vas? ¡Vuelve aquí!

Simón se echó las manos a la cabeza y salió corriendo detrás de su sombra.

—Vuelve conmigo —le decía—. No hagas otra de las tuyas.

La sombra tardó casi dos horas en volver a casa, y Simón estuvo muy preocupado por lo que pudiera pasar.

5

Cuando Simón pasó a quinto curso

PASARON los años y Simón creció. Este año pasaría a quinto de Primaria.

Unos días antes de comenzar el curso, los profesores se reunieron para hablar sobre los nuevos alumnos. Don Anselmo era un maestro que acababa de llegar al colegio y, como es lógico, no conocía aún a sus alumnos. Los compañeros de don Anselmo le advirtieron que tuviera cuidado con Simón.

—¿Quién, ese niño de pelo color zanahoria? —preguntó el maestro mientras observaba su fotografía.

—Sí, ése —respondieron todos a la vez.

—Pues no parece tan peligroso como ustedes dicen —comentó don Anselmo.

—Bueno, nosotros ya se lo hemos advertido —se desentendieron los demás profesores.

Aquel día, Simón se levantó muy temprano, cogió su cartera nueva y salió camino del colegio. Madrugó tanto que llegó el primero. Como no veía a ningún compañero, tuvo que ir a Secretaría para preguntar por el nombre de su nuevo maestro.

—¿Eres de «quinto»? —le preguntó el secretario.

—Sí —respondió Simón, orgulloso de ser tan mayor.

—Pues tu maestro se llama don Anselmo.

—¿Don Ansioso? —preguntó Simón, que quería enterarse bien.

—¡Don Anselmo! —volvió a decirle el secretario.

—Ah, bueno, ¿don Ansilio...? No, ¿don Almendro...? No, ¿don...?

El secretario cerró de golpe la ventanilla y Simón se dirigió hacia la clase, repitiendo por el camino el nombre de su nuevo maestro.

Entró en el aula y se sentó. Al poco rato comenzaron a llegar otros niños, aunque todos eran más bajitos que él.

«¡Cuánto he crecido este verano!», se dijo Simón.

En ese instante entró el maestro y al ver a Simón allí sentado, se extrañó.

—Pero, ¿qué haces tú aquí?

—Esperando a don Ansioso —dijo Simón, y se cruzó de brazos.

—¿Cómo dices? —preguntó de nuevo el maestro.

—Que estoy esperando a que comience la clase.

—Tu clase está en el piso de arriba. Ésta es la de los pequeños y yo no me llamo «Ansioso», sino don Ataúlfo, ¿entendido?

Cuando llegó al piso de arriba, Simón llamó a la puerta y entró.

—¡Hombre, un chico al que se le han pegado las sábanas! —puso mala cara el maestro.

—¡Buenos días, don Inmenso! —y al decir esto, Simón tropezó, se cayó, y se le desparramaron por el suelo los libros y los lápices nuevos.

El maestro le ayudó, le acompañó hasta su sitio, y, una vez allí, le preguntó:

—¿Cómo decías que me llamaba?

—El secretario me dijo que se llamaba don Inmenso... —contestó Simón, tan campante.

—¡Me llamo don Anselmo! ¿Entendido?

—Entendido —respondió Simón un poco avergonzado.

—Pues que no se te olvide. Hoy es el primer día del curso —dijo don Anselmo—. Por eso, organizaremos una fiesta para celebrarlo. Ya sabéis que doña Aurelia es nuestra benefactora. De no ser por ella, este colegio no existiría. Doña Aurelia nos visitará esta tarde y debemos obsequiarla con un caluroso recibimiento. He pensado —continuó don Anselmo—, que podríais traer algo de merienda y algún refresco. Cada vez que doña Aurelia viene, nos hace regalos. Esta vez creo que podría ser una biblioteca. La que tenemos está estropeada y no hay muchos títulos en ella. Después del recibimiento, merendaremos todos en paz y armonía, ¿entendido?

—Entendido —respondieron todos los chicos a la vez.

—Pues bien —añadió don Anselmo—, lo primero que haremos será ordenar la clase y decorarla como mejor sepamos. A ver tú, Luisito, limpiarás las mesas. Tú, Rita, regarás las macetas. Tú...

Don Anselmo fue repartiendo el trabajo entre sus alumnos. Cuando le tocó el turno a Simón, el maestro le ordenó retirar los libros de las estanterías y guardarlos en un armario. Así, doña Aurelia no los vería y les regalaría otros nuevos.

—Simón —dijo don Anselmo—, recoge todos esos libros y déjalos ordenados en el interior del armario.

—Son más de cien —protestó Simón.

—No importa —le insistió el maestro—, tienes toda la mañana para hacerlo.

Simón comenzó su tarea, pero viendo que el tiempo pasaba y sólo había conseguido ordenar unos cuantos, los apiló unos encima de otros y cerró con esfuerzo la puerta del armario.

—Ya está —dijo, sacudiéndose las manos.

A las tres en punto se detuvo un coche frente a la puerta del colegio. Una señora bajita, con el pelo blanco y que aparentaba casi noventa años, se apeó del coche y caminó con paso firme y seguro hasta la entrada. Dio dos golpes con su bastón de ámbar en la puerta y esperó.

—Es doña Aurelia —dijo don Anselmo, que se había asomado a la ventana—. Vamos, permaneced en silencio y cuando entre en la clase, os ponéis de pie y le dais las buenas tardes, ¿entendido?

—Entendido —dijeron todos a la vez.

—Bueno —continuó don Anselmo—, inmediatamente después de saludarla, contaré hasta tres y le cantaremos su canción preferida. Ya sabéis que a doña Aurelia le gusta mucho la música.

Don Anselmo se apretó el nudo de la corbata, se limpió las gafas, se estiró la chaqueta y con aire arrogante se dirigió hacia la puerta y abrió.

—¡Buenos días, doña Aurelia! —dijo don Anselmo e hizo una reverencia.

—Serán buenas tardes —le corrigió doña Aurelia.

—¡Oh, perdón! ¡Buenas tardes! ¡Je, je! Efectivamente —se disculpó el maestro y repitió la reverencia.

La benefactora entró en la clase, los chicos se pusieron de pie y le dieron la bienvenida, pero a Simón, al intentar levantarse, se le fue la silla hacia atrás y cayó al suelo organizando un gran alboroto.

Don Anselmo corrió hacia él, lo levantó por el brazo y le dijo algo al oído. Después volvió al lado de doña Aurelia y le cedió su sillón.

—A la de una..., a la de dos..., y a la de tres... —don Anselmo levantó los brazos en el aire y los chicos comenzaron a cantar:

«...doña Aurelia, doña Aurelia,
es usted, de toda la tierra,
la mujer más buena...»

Se oyeron unos gritos desafinados entre el coro de cantores. El maestro recorrió las mesas, hasta que descubrió que se trataba de Simón, y le mandó callar.

Cuando terminó la canción, don Anselmo presentó a los nuevos alumnos.

—A ver —dijo en esta ocasión—, ponte de pie, Simón y dinos cómo se llama esta respetable señora.

Simón se puso de pie, miró a un lado y a otro y respondió:

—¿Esa señora?, pues... —y se rascó la cabeza—, pues se llama doña «Laurel».

—¿Cómo? —gritó don Anselmo.

—Pues se llama... doña Lurula.

Doña Aurelia casi se desmaya. Don Anselmo la abanicó con un libro y luego, en voz alta y pronunciando despacio, le dijo a Simón:

—Esta señora se llama doña AU-RE-LIA. ¿Entendido?

—Entendido —respondió Simón.

El maestro se volvió hacia doña Aurelia y le pidió disculpas.

—Bueno —continuó don Anselmo—, ¿por qué no contáis algún cuento o recitáis alguna poesía?

—¡Oh, sí! —comentó doña Aurelia.

—Bueno, pues a ver, ¿quién será el primero?

—Yo —dijo Emilio.

—Muy bien, Emilio —le sonrió el maestro.

—Pues..., pues esto era una vez dos angelitos que se encontraron en el cielo...

Doña Aurelia prestó atención y miró sonriente a don Anselmo, que se estiraba, orgulloso de sus alumnos.

—Entonces —continuó Emilio—, un angelito le dice a otro: ¿con qué lavas tu ropa para estar tan blanca? Y el otro le contesta: la lavo con «Arnel».

—¡Bravo, maravilloso! —aplaudió doña Aurelia, feliz.

—Muy bien, Emilio —le aplaudió don Anselmo—. A ver, ¿quién cuenta otro?

—Yo —dijo Simón—, yo sé otro.

—A ver, a ver... —dijo doña Aurelia, mientras se abanicaba.

—Pues..., pues esto era una vez un hombre que se iba cagan...

—¡Basta! —gritó don Anselmo—. Se acabaron los cuentos por hoy.

Doña Aurelia casi se vuelve a desmayar.

—Bien —interrumpió don Anselmo—, doña Aurelia ha venido aquí para desearnos un curso feliz y al mismo tiempo para ayudarnos.

—Sí —intervino doña Aurelia—, y deseo tener una atención con todos vosotros. He pensado que, como no tenéis biblioteca, os compraré muchos libros de aventuras e historias maravillosas.

—Sí tenemos libros —la interrumpió Simón.

—¿Ah, sí? —preguntó doña Aurelia, extrañada.

—Sí, mire —la cogió suavemente por un brazo y la acercó hasta el armario.

Cuando Simón abrió las puertas, una montaña de libros cayó sobre doña Aurelia.

—¡Socorro! —gritó la benefactora.

Don Anselmo corrió a ayudarla y entre todos consiguieron sacarla de debajo del montón de libros.

Una vez repuesta doña Aurelia, el maestro sugirió que lo mejor sería merendar y acabar de una vez con el acto.

Doña Aurelia, dolorida aún, se levantó y se acercó a los niños para contemplar cómo preparaban sus golosinas y refrescos. Cuando llegó al lado de Simón, le llamaron la atención unas galletitas que él iba colocando en un plato.

—¿Quiere una? —le ofreció Simón.

—¡Oh, gracias, hijo! ¡Huuum! Están deliciosas. ¿Me puedo comer otra?

—Sí, claro que puede...

—Están sabrosísimas... ¿Dónde las has comprado? —preguntó doña Aurelia, muy interesada.

—En el supermercado de la esquina —respondió Simón.

—Y ¿cómo se llaman? —insistió doña Aurelia.

—Pues no lo sé —se disculpó Simón—. Pero si quiere, le enseño la bolsa.

—A ver, a ver... —doña Aurelia se acercó más.

Simón sacó de la cartera una bolsa de plástico con un letrero que decía: «SU PERRO SERÁ MÁS FELIZ SI COME GALLETAS PLI».

—¿Cómo? —gritó doña Aurelia a punto de desmayarse de verdad—. ¿Son galletas para perros? ¡Aaah!

—¿Qué ocurre? —acudió corriendo don Anselmo.

—¡He comido galletas de perro! —volvió a gritar doña Aurelia y se cayó al suela desmayada del todo.

—¡Mecachis! —dijo el maestro, y corrió a ayudarla.

Entre don Anselmo y los chicos pudieron sacar a la benefactora al patio para que le diera el aire. Cuando se le pasó el mareo, salió corriendo hacia el coche que la esperaba y desapareció por el camino.

Don Anselmo no hizo ningún comentario. Se limitó a coger la bolsa de galletas PLI y tirarla por la ventana.

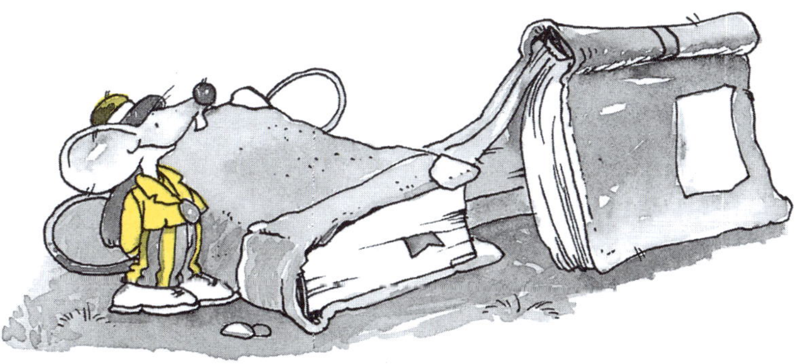

6

En la clase de Ciencias

—CONSTRUIREMOS un terrario —dijo don Anselmo a los chicos.

—¿Un qué...? —preguntó Simón, muy extrañado.

—Un terrario —repitió el maestro y explicó en qué consistía—. Un terrario es un recipiente grande y transparente en donde podremos cuidar y observar la vida de los insectos y de otros pequeños animales. Echaremos tierra, arena y piedras para que puedan vivir cómodos. También estudiaremos los alimentos y cuidados que cada uno de ellos necesita.

Don Anselmo, con la ayuda de sus alumnos, logró construir el terrario y pronto tuvieron gran cantidad de animales que observar.

Todas las tardes, a la salida del colegio, los chicos capturaban insectos y se los llevaban a don Anselmo. También Simón quiso contribuir a la estupenda colección. Dentro de una caja de cerillas llevó a clase seis insectos muy pequeños. Después de observarlos detenidamente, nadie supo cuál era su nombre, ni lo que comían, ni su forma de vivir. Don Anselmo estaba por aquellos días muy ocupado y no tuvo tiempo de catalogar los animalitos que Simón había traído.

Ya había transcurrido casi una semana y los animales, que habían sobrevivido, paseaban y saltaban entre las piedras del fondo de la caja. Simón, por más que se empeñaba, no lograba ver nunca a los suyos. La verdad es que eran tan pequeños que resultaba casi imposible observarlos.

Cuando don Anselmo pudo atender a Simón, le llamó y sacando una ficha del cajón de su mesa, le preguntó:

—Bien, Simón, ¿cuántos insectos has traído?

—Pues traje seis.

—Muy bien —le animó el maestro—, y... ¿cómo se llaman?

—Pues no, eso no lo sé —respondió Simón con cierto pesar.

—Vaya, vaya. Bueno, eso lo arreglo yo después. Y... ¿qué comen?

—Pues tampoco lo sé —se disculpó Simón.

—¡Caramba! —protestó el maestro—. Y... ¿cómo son?

—¿Que cómo son...? Sólo los he visto una vez, pero eran muy pequeños, más o menos así —Simón dibujó un punto en un papel.

—¿Quieres decir que no los has vuelto a ver?

—Sí, desde que los eché en la caja no los he visto más.

—¿De dónde los has cogido? —volvió a preguntar don Anselmo, armándose de paciencia.

—Me los prestó «Bubi».

—¡Ah!, te los prestó «Bubi» —y don Anselmo puso gesto de resignación—. ¿Qué ocurre, que «Bubi» tiene muchos?

—A montones —respondió Simón, que cerró y abrió la mano varias veces para indicar la cantidad.

—Bueno, echemos un vistazo a esos bichitos... —y don Anselmo se levantó y se dirigió hasta el terrario—. No veo nada —dijo el maestro—. Aquí no están.

—Pues yo estoy seguro de que los eché —afirmó Simón.

—Don Anselmo —dijo Rita, desde el extremo de la clase—, hay unos bichos muy pequeños que saltan y pican. Mire cómo tengo el brazo...

—Un momento —indicó el maestro—, en cuanto termine con Simón, te atiendo.

—¡Don Anselmo —gritó Emilio—, es verdad, hay cientos de bichos y cómo pican...!

—¡Pero bueno! —don Anselmo dejó de observar el terrario y fue a ver qué ocurría—. ¡Caramba, es verdad! ¡Está la clase llena de ellos!

Ninguno de los chicos podía parar de rascarse.

—¡Simón! —gritó ahora el maestro—. ¡Ven aquí inmediatamente!
—Dígame —se acercó Simón, que también se rascaba desaforadamente.

—¿Quién te dio estos insectos?

—Ya le dije que me los había dado «Bubi».

—Y... ¿se puede saber quién es «Bubi»?

—Es el perro del pescadero.

—¡Vamos, salid todos de clase! —ordenó don Anselmo—. Simón trajo pulgas y se han reproducido.

Durante tres días no hubo colegio, pues tuvieron que desinfectar las clases.

A Simón este tiempo le vino bien para dedicarse a capturar otros insectos para el terrario.

7

En la clase de Lenguaje

SIMÓN aprendió un truco para cazar grillos. Por las noches, salía de casa con un bote, un colador, una lechuga y una linterna.

Cuando oía el canto de alguno de ellos, se acercaba silenciosamente, le deslumbraba con la linterna y pronunciaba unas palabras mágicas: «¡Salta! ¡Salta!», y el grillo saltaba al colador y de ahí al bote.

Como dentro del bote estaba la lechuga, el grillo se sentía feliz. En una sola noche podía capturar más de cien.

Simón tenía cientos de grillos. Tenía grillos músicos, grillos poetas, grillos malabaristas, y otros muchos más, que por falta de tiempo no había podido catalogar.

Un día, Simón llevó a la escuela un bote lleno de estos animalitos para el terrario, pero como en ese momento don Anselmo preparaba un examen de ortografía, Simón no pudo depositarlos en su nueva casa y dejó el bote sobre la mesa.

JAVIER ZABALA 89

El examen trataba sobre el uso de las letras *b* y *v*. Don Anselmo dictó varias frases y Simón las fue escribiendo. Cuando el examen terminó, el maestro recogió las hojas y se dispuso a corregirlas.

Cuando don Anselmo leyó el examen de Simón, se echó las manos a la cabeza:

—¡Esto es el colmo! —dijo el maestro, irritado.

Simón había escrito *burro* con *v*.

—¡Falta! ¡Falta! —gritó don Anselmo a Simón—. *Burro* se escribe con *b*. ¡Falta! ¡Falta! —siguió gritando.

Los grillos, que no sabían nada de ortografía, creyeron oír: ¡Salta! ¡Salta! y saltaron todos fuera del bote, sobre don Anselmo que, asustado, echó a correr por toda la clase.

Con mucho esfuerzo y paciencia, los chicos lograron capturar todos los grillos y meterlos en el terrario; todos menos uno que, cada vez que don Anselmo explicaba la lección, se ponía a cantar y hacía imposible entender lo que el maestro trataba de decir.

8

En la clase de Sociales

UNA tarde, en clase, el profesor preguntó la lección de Sociales a Simón. Se la sabía de memoria y comenzó a recitarla como un papagayo.

—¿Qué tonterías estás diciendo? —protestó el profesor, y todos los demás niños rieron a carcajadas.

Simón puso cara de inocente, se calló y volvió a su explicación.

—¡Habla bien, esto no es un juego! —volvió a insistir el profesor.

Pero Simón siguió diciendo su lección como al principio.

—¡Te he dicho que hables bien! —gritó el maestro, más enfadado aún.

Pero cuanto más se esforzaba Simón en explicarse bien, más paparruchadas se le ocurrían y más se enfadaba don Anselmo.

—Habla en otro idioma —dijo Rita, su compañera de mesa—. Simón habla «en extranjero».

—Habla tonterías —dijo don Anselmo y se acercó a él para oírle mejor. Luego, se armó de paciencia y le preguntó a qué estaba jugando.

Simón, por más que lo intentaba, no podía hacerse entender. Don Anselmo se asustó y entre todos sacaron a Simón al patio para que tomara el aire, pero como no se le pasaba, el profesor le mandó abrir la boca y le examinó la garganta. Estaba un poco roja, pero no tanto como para hablar en otro idioma, así que, por si acaso le ocurría algo peor, don Anselmo mandó a Simón a su casa.

De camino, Simón hizo un alto en un quiosco, pidió una barra de regaliz, empezó a chuparla y se llevó una gran alegría al comprobar que otra vez hablaba como antes y que todos entendían lo que decía.

9

En el recreo

DURANTE varios días el patio de la escuela estuvo totalmente agujereado, pues a los chicos les había dado la manía de jugar a las canicas en unos hoyos más profundos de lo normal.

Simón aquel día se entretuvo en excavar un hoyo para jugar, pero excavó tanto que el hoyo se hundió y quedó un profundo agujero negro. Simón se asomó y metió la mano, pero no llegaba hasta el fondo, así que tiró una piedra y ésta tardó varios segundos en llegar al fondo. Asustado, quiso taparlo, pero como en ese momento no tenía nada en la mano, se marchó a buscar ramas u otras cosas, cubriendo el hoyo con su carpeta para que nadie lo viera.

Pero algo le ocurrió a Simón que hizo que no volviera a acordarse del hoyo en toda la tarde.

Don Anselmo solía dar paseos por las tardes. Caminaba muy deprisa de un lado a otro del patio, con las manos en la espalda y la cabeza gacha. Siempre lo hacía así. Parecía que contaba una y otra vez el nú-

mero de pasos que había de un extremo a otro del patio.

En una de las vueltas, don Anselmo vio la carpeta de Simón en el suelo. El maestro les había dicho muchas veces que no dejaran sus libros tirados por el suelo, y como ya estaba harto de repetirlo, miró a un lado y a otro, y no viendo a nadie, pisó con todas sus ganas la carpeta.

Don Ataúlfo, el profesor de Matemáticas, que apenas veía a un metro de distancia, estaba asomado a la ventana cuando gritó:

—¡Don Anselmo se ha esfumado!

—¿Qué dice? —preguntaron los demás profesores.

—Que don Anselmo se ha volatilizado —insistió don Ataúlfo.

—No puede ser —dijeron todos a la vez y salieron en su busca.

Cuando don Anselmo logró salir del hoyo, buscó a Simón, pero Simón ya se había marchado.

10

Un gato en la clase

ESTABA lloviendo y la gente corría bajo sus paraguas de un lado para otro. Simón, también escondido bajo su capucha y protegidos los pies por sus botas de agua, caminaba rápido en dirección al colegio.

De pronto, algo se le cruzó por delante de los pies. Se paró, se agachó y vio un gato flaco y mojado que, con el rabo tieso, se entrelazaba en sus piernas.

—Pero, bueno... ¿Qué haces por aquí con este tiempo? —preguntó Simón al animal.

Un «miau» fue todo lo que el gato respondió y acarició zalameramente con su cabeza la mano de Simón.

—Seguro que te han echado de casa —comentó Simón—. Y por el aspecto que tienes, debes de llevar muchos días sin probar bocado. Ven.

Simón cogió en brazos al gato y se resguardó de la

lluvia bajo un soportal. Se sentó, abrió la cartera y sacó un bocadillo de *foigras.*

—Toma, come.

El gato comió con el apetito de un hambriento, pero con la delicadeza con que comen los gatos, y luego se relamió los bigotes.

—Se me hace tarde. ¿Quieres venir conmigo al colegio?

—«Miauuu» —volvió a responder el gato como queriendo decir que sí.

—Pues, hale —y lo metió en la capucha.

Al entrar en clase, Simón tapó con cuidado al gato y colgó el anorak en la percha. La clase comenzó y el tiempo iba pasando. El gato, después del banquete y con el calorcillo, se quedó quieto.

Don Anselmo paseaba entre las mesas y de vez en cuando se paraba para hacer alguna observación sobre el trabajo que hacían algunos de sus alumnos.

—No borres con el dedo —le reprendía en ese momento a Simón, cuando se oyó:

—«Miauuu».

—¿Quién está haciéndose el gracioso? —preguntó don Anselmo, al tiempo que se quitaba las gafas, porque don Anselmo, cuando quería oír mejor, se quitaba las gafas.

Los chicos, ante la pregunta, se encogieron de hombros.

—«Miauuu» —se volvió a oír.

—¿Que quién está haciendo el gato? —preguntó más fuerte y algo mosqueado el maestro.

Simón temió que don Anselmo descubriera al animal y se le ocurrió disimular:

—Miauuu —maulló, imitando perfectamente al gato.

—¡Vaya, Simón! —le reprendió el maestro—. Conque haciendo el gato, ¿eh? Pues más te valdría acabar pronto esas cuentas y dejar de hacer tonterías.

—Lo hace muy bien —dijo Rita, su compañera de mesa.

—Sí, debería haber nacido gato —añadió Emilio, un chico al que se le había caído un diente y cada vez que hablaba se le salía el aire por la mella.

—Y tú, bomba de bicicleta... —le dijo Simón «por lo bajines», pero con rabia, molesto por el comentario.

—¡A callar! —ordenó don Anselmo.

Pasó un rato y de nuevo el silencio se rompió con otro maullido.

Don Anselmo se levantó y se dirigió a Simón. Éste se vio obligado a disimular de nuevo:

—Miauuu —maulló justamente en la cara del maestro.

Todos los chicos soltaron una carcajada.

—¡Silencio! —refunfuñó don Anselmo—. ¡Ya está bien, Simón! Si continúas haciéndote el gracioso, tendré que...

No le dio tiempo a terminar, cuando por el suelo y entre las mesas, un anorak se arrastraba como por arte de magia.

—¡Mecachis! —exclamó el maestro.

—¡Es un fantasma! —gritaron algunos y se subieron a las mesas.

Don Anselmo estaba asombrado y dijo a sus alumnos:

—Abrid la puerta y salid despacio.

Los chicos se levantaron y salieron de clase. Con el alboroto, el gato se espantó y salió del capuchón del anorak.

—Es un gato... —se sorprendió don Anselmo.

—Verá, déjeme que le explique... —le interrumpió Simón, mientras cogía en brazos al animal.

—¿Cómo se te ha ocurrido semejante gamberrada? —le regañó el maestro.

—Lo encontré en la calle, mojado y con hambre —respondió Simón, acariciando el lomo del animal—. Mire, no hace nada, sólo «run, run».

La puerta de la clase se abrió de golpe y apareció don Ataúlfo con su voz de trombón.

—¿Qué ocurre aquí?

El gato, al oír aquella voz tan grave, dio un salto y se encaramó en la espalda de don Anselmo.

—¡Mecachis! —gritó el maestro—. ¡Quitadme este

monstruo de encima! ¡Ay! ¡Me está clavando las uñas...!

—No se mueva, don Anselmo —intentaron tranquilizarle Simón y don Ataúlfo—. Nosotros conseguiremos desprendérselo.

—Tira —dijo don Ataúlfo a Simón—, que yo sujeto la chaqueta.

Simón intentó soltar al gato de la espalda de don Anselmo, pero el animal se aferraba con todas sus fuerzas.

—¡Ay!, ¡ay! —gritaba don Anselmo—. Me está destrozando...

Atraída por los gritos, llegó doña Felipa.

—¿Qué ocurre aquí? —preguntó la maestra con su voz de clarinete.

El gato volvió a espantarse y de otro salto subió y se enganchó en la cabeza de don Ataúlfo. Pero antes se llevó entre las garras algunos trozos de la chaqueta de don Anselmo.

—Son trozos de mi chaqueta. Me ha despedazado la chaqueta nueva— gritó ahora don Anselmo, furioso.

—¡Socorroooo! —chilló don Ataúlfo—. ¡Quitadme de encima esta fiera!

Simón, don Anselmo y doña Felipa tiraron con fuerza del rabo del animal hasta que lograron desprenderlo de la cabeza de don Ataúlfo; pero el gato se llevó su peluquín entre las garras.

—¡Oh! —se sorprendió doña Felipa, echándose las manos a la cabeza—. No sabíamos que...

Don Ataúlfo se puso rojo de vergüenza y se tapó la calva con un libro.

El gato, al ver entre sus patas el peluquín, se asustó y de otro salto se colgó de la falda de doña Felipa.

—¡Socorrooo! —gritó la maestra.

Alarmados por sus gritos acudieron los demás miembros del claustro de profesores, y el gato siguió espantándose, hasta que en uno de los saltos aterrizó en la calva del director, se resbaló en aquella bola de billar, cayó al suelo y salió por la puerta como una centella, llevándose el peluquín de don Ataúlfo entre sus garras.

Al día siguiente, Simón llegó a clase, y lo primero que hizo fue entregar a don Ataúlfo su peluquín, aunque bastante despeluchado, ya que el gato se había subido a un árbol y lo había dejado enredado entre las ramas.

Don Anselmo no comentó nada sobre lo ocurrido. Se limitó a entregar a Simón un cuaderno muy grueso con cuentas de multiplicar y le dijo:

—¡Para mañana!

11

En la clase de T. Manuales

A Simón le encantaban los trabajos manuales. La única vez que no llegaba tarde a clase era precisamente el día en que realizaban manualidades.

El trabajo de aquella tarde consistía en hacer un mosaico con bolitas de papel de seda.

Simón compró papeles de colores y un tubo muy grande de pegamento. Cuando entró en clase, el maestro aún no había llegado, así que Simón se entretuvo en pintar en la pizarra todo cuanto se le antojó.

Llegó don Anselmo, puso orden, se sentó y comenzó a explicar cómo debían hacer el trabajo.

Enseguida, Simón echó en falta su tubo de pegamento y se levantó para ver si alguien lo había cogido. Recorrió todas las mesas, pero nadie lo había visto. Tampoco don Anselmo sabía de su paradero. Así que Simón le pidió prestado a Rita el suyo.

La tarde transcurrió tranquilamente. Don Anselmo no se movió de su sitio. Se entretuvo en leer un grueso libro sobre no se sabe qué cosa.

Cuando llegó la hora de salir, don Anselmo mandó a los niños recoger y ordenar la clase, pero algo debió de ocurrirle al maestro en ese momento porque dijo:

—¡Mecachis! —y se calló.

Luego miró a todos los niños, y haciendo un gran esfuerzo intentó levantarse de la silla, pero la silla no se despegaba de don Anselmo.

—¡Simón! —gritó don Anselmo—. ¡Ven aquí inmediatamente!

—¿Qué le ocurre?

—Me parece que he encontrado tu pegamento —dijo don Anselmo con cara de pocos amigos.

—¿Dónde? —preguntó Simón con alegría.

—¡Aquí, entre mis pantalones y la silla! —gritó don Anselmo.

—Lo siento —se disculpó Simón.

—¿Cómo me vas a sentar? Lo que quiero es levantarme. ¡Vamos, échame una mano!

Simón intentó ayudar al maestro, pero fue imposible. Al fin tuvieron que decidirse por una solución graciosa: la mitad de la clase se agarró a don Anselmo por las manos y la otra mitad agarró la silla.

—Cuando cuente tres —dijo el maestro—, repito,

cuando cuente tres, tiráis con fuerza. A la una, a las dos y... a las tres.

Se oyó un rrrrrggg.

—¡Quietos! —gritó el maestro—. ¡Me vais a descoyuntar! ¡Bárbaros! Vamos a intentarlo de nuevo. Sujetad bien la silla. A la de una, a la de dos y a la de... tres.

—¡Alto! —volvió a gritar don Anselmo—. Así acabaréis por arrancarme los brazos. Id todos al fondo de la clase. Voy a ver qué se me ocurre.

Simón y los demás se retiraron al fondo de la clase y don Anselmo se miró.

—No solamente se me ha pegado el pantalón, sino también la piel —dijo el maestro, muy preocupado.

Se levantó lentamente y, hecho un cuatro, salió de detrás de la mesa con la silla pegada al cuerpo.

Era una silla antigua, de patas y brazos fuertes. Debía de pesar algo más de treinta kilos.

El problema se agravó cuando don Anselmo comprobó que, llevando la silla pegada, no cabía por la puerta.

—¡Empujad! —dijo ahora a los chicos—. ¡Empujad con fuerza! Cuando cuente tres, ¿entendido?

—Síííí —gritaron todos y se prepararon.

—Pues a la de una, a la de dos y a la de... tres.

Empujaron tan fuerte que don Anselmo pudo atrave-

sar la puerta, pero era tan enorme el ímpetu que llevaba, que le fue imposible detenerse y salió de la clase rodando por las escaleras. Todos los chicos corrieron en su ayuda. La silla se había roto y ya sólo le quedaba pegado el asiento.

—Bueno —dijo don Anselmo—, por lo menos así podré llegar hasta mi casa. Venga, ayudadme. ¡Ah!, una última cosa: mañana hablaré contigo, Simón.

12

Cuando Simón se hizo el muerto

UNA mañana, jugando en el recreo, a Simón le dieron un balonazo en la tripa y se cayó al suelo.

—¡Está muerto! —dijo uno.

—¡Cómo! —gritó don Anselmo y corrió en su ayuda.

Entre todos lo llevaron en volandas.

Simón observaba todo lo que ocurría a su alrededor. Don Anselmo estaba preocupadísimo; y Rita y Emilio, acompañados de los demás amigos, parecían estar muy afligidos.

Don Anselmo pronto se dio cuenta del juego que se traía entre manos Simón y con disimulo siguió la broma.

Le llevaron a clase y le sentaron en su silla. Simón seguía haciéndose el muerto.

—¡Pobre Simón! —decían todos.

—Sí —dijo el maestro—, era un buen chico. Siempre nos dio ejemplo de buen compañero y de un excelente comportamiento. Dejará entre nosotros un gran vacío que difícilmente podremos llenar.

Simón escuchaba entusiasmado el discurso de don Anselmo.

—Y para que podamos recordarle siempre —añadió don Anselmo—, nos repartiremos sus cosas personales.

—Eso —dijeron todos a coro.

—Yo me quedo con sus canicas —dijo Emilio.

—Y yo con sus lápices de colores —le tocó hablar a Rita.

—Y yo me pido su balón —añadió un tercero.

Este reparto no le gustó nada a Simón, por lo que muy lentamente fue haciendo que se recuperaba. Por fin, se puso de pie y dijo:

—¡Y una porra!

Todos aplaudieron felices al comprobar que Simón no estaba muerto.

En la fiesta de Navidad

SE acercaban las fiestas de Navidad y don Anselmo decidió preparar una representación. Para ello escribió una obra corta de teatro.

Pensó que debía ser una obra con muchos personajes, si era posible, alrededor de treinta, pues éste era el número de alumnos que tenía en clase. De ese modo, todos los chicos podrían participar.

Para tener cerca y controlado a Simón, le adjudicaría el papel de narrador. Así no podría inventar algo que pusiera en peligro la calidad de la obra.

Por las tardes dedicaban un tiempo al ensayo de los papeles asignados a cada uno. Le tocaba ensayar a Simón. Don Anselmo haría de apuntador.

—Vamos, ahora te toca —le dijo el maestro a Simón—. Ponte aquí y repite lo mejor que puedas todo cuanto yo diga. Empezamos. «Pronto veremos la estrella...»

Simón levantó los brazos y repitió:

—«Pronto beberemos la botella...»

—¿Cómo dices? —protestó don Anselmo.

—Es que no le oigo bien —se disculpó Simón.

—Bueno, me pondré un poco más cerca y hablaré más alto, pero ten en cuenta que los apuntadores no pueden gritar. ¿Entendido?

—Entendido —respondió Simón y se colocó de nuevo en el lugar del narrador.

—Vamos a ver... —siguió don Anselmo—. Repite: «Ya se ven los tres reyes...»

—«Ya se ven los tres bueyes...» —dijo ahora Simón y creyó haberlo hecho bien.

—¡Pero bueno! —protestó don Anselmo y dio un puñetazo en la mesa—. ¿Es que estás sordo?

—No, no es eso; es que usted habla así: bisss, bisss, bisss... No le entiendo bien.

—Como no prestes atención, le daré el papel a otro..., ¿entendido? —le avisó don Anselmo.

—Entendido —volvió a afirmar Simón.

—Bueno —y don Anselmo suspiró y se puso las gafas—. A ver, repite ahora: «Ya veo los camellos cargados de regalos bellos...»

Simón se animó y gesticulando comenzó a repetir lo que el maestro le iba diciendo:

—«Ya vienen ellos con sus cabellos cargados de camellos...»

Al decir «camellos», Simón extendió la mano y le metió un dedo en el ojo a don Anselmo.

—¡Basta, basta! —gritó el maestro, palpándose el ojo dañado—. ¡Hala! ¡Se acabó! Tú no sirves para esto.

—Pero ya tengo el traje hecho —protestó Simón.

—Pues lo guardas para alguna fiesta de disfraces —indicó don Anselmo, enfadado—. Se acabó la clase.

Pasaron los días y la obra estaba a punto de comenzar. Don Anselmo aparecía muy nervioso, corriendo de un lado para otro dando órdenes a los chicos.

—Tú aquí y tú allá —decía el maestro—. ¿Dónde está Luisito? Se me ha perdido Luisito. ¡Que venga Luisito...!

—Estoy aquí, detrás de usted —decía el pobre Luisito.

—Ah, bueno. Ven, Luisito, tú te colocarás así, y tú, Rita, aquí...

Don Anselmo había construido una concha de apuntador con cartones y con madera. Él se metería dentro para apuntar a los personajes. A Simón, después de muchas pruebas, acabó por nombrarle tramoyista. Su único encargo era éste, cuando el pastor principal dijera: «¡Ahí está la estrella!», él debería descolgar la estrella y, por medio de una cuerda, bajarla desde el techo al escenario.

Era una estrella grande de cartón y listones de madera que pendía del techo por medio de una cuerda.

Aquel día, Simón apareció con el traje de narrador, y aunque don Anselmo le indicaba continuamente que dejara el escenario libre, él seguía ensayando las frases del narrador. Pensaba que quizás el maestro se arrepentiría a última hora y le dejaría representar el papel.

Don Anselmo no le hizo caso y le mandó a su sitio, aunque insistiéndole en que estuviera muy atento al momento en que debería bajar la estrella.

La obra transcurría feliz y sin tropiezos. Los padres, entusiasmados, aplaudían a sus hijos.

Sólo quedaban unos minutos para finalizar. Tras la aparición de la gigantesca estrella en escena, la obra llegaría a su fin.

—¡Ya veo la estrella! —dijo el pastor principal.

Todos miraron para arriba, pero nadie veía nada.

—¡Ya veo la estrella! —gritó más fuerte el pastor principal.

—¡Ya veo la estrella! —chilló ahora don Anselmo, que estaba a punto de salir de la concha en busca de Simón.

La cuerda se había liado en una escarpia y Simón no podía desatarla, pero ante la insistencia de don Anselmo, tiró con todas sus fuerzas y la cuerda se rompió.

—¡Ya veo las estrellaaas...! —gritó don Anselmo, y salió a toda prisa de la concha para no ser aplastado.

La estrella, libre de ataduras, cayó en vertical sobre el escenario y sobre don Anselmo.

El telón bajó en ese justo momento y la sala se llenó de aplausos y de ¡vivas!

Ahora, cada chico disfrutaría de unos felices días de vacaciones.

14

Una día con mala pata

UN día, Simón tuvo la mala suerte de romperse una pierna cuando saltaba la tapia de la huerta para relevar a su amigo el espantapájaros.

La fractura no fue de las complicadas, pero tenía que estar casi un mes con la pierna escayolada. Si antes llegaba tarde al colegio, porque se entretenía en el camino, ahora lo hacía más tarde aún, porque caminaba muy lento y con mucho cuidado. Los compañeros de clase le habían firmado y escrito en la escayola todo tipo de saludos y dedicatorias:

«Tus amigos, que no te olvidan», decía una.
«También con una sola pierna se puede vivir», aparecía en otra.
«Te acompañamos en el dolor», habían escrito los más amigos.
«Nos alegramos de que no te hayan cortado la pierna», le manifestaban sus buenos deseos Rita y sus compañeros.

La entrada de Simón en clase era todo un acontecimiento. Le cedían el sitio y le miraban la pierna al tiempo que reflejaban un claro gesto de dolor.

La clase de Simón estaba situada en el segundo piso y cada día tenía que subir las escaleras con el auxilio de las muletas. Don Anselmo no dejaba que ningún chico le ayudase. Prefería hacerlo él personalmente.

—Dejadme a mí, no sea que se os caiga y se lastime más aún. Simón, agárrate a mi brazo. Eso es..., ahora el otro pie —decía el maestro cada vez que Simón subía un peldaño de la escalera.

Una de esas veces, no se sabe lo que hizo Simón con las muletas, que don Anselmo se enredó los pies con ellas, y, después de un rato intentando guardar el equilibrio, lo perdió y cayó rodando por las escaleras.

Durante unos días no hubo clase. Cuando a don Anselmo se le pasaron los primeros dolores, volvió al colegio, pero con una pierna escayolada también. Los chicos, al ver así a su maestro, le escribieron en el yeso todo tipo de dedicatorias para animarle:

«Nos unimos a su angustia». Los de la mesa cuatro.
«Tenga paciencia. Un año pasa pronto». Los de la mesa tres.
«Que el dolor no le inquiete». Las mesas una y dos.
«Sentimos la paralización de su extremidad inferior». Los empollones.

Durante los recreos, Simón y don Anselmo daban cortos paseos por el patio y sus conversaciones siempre trataban sobre el mismo tema:

—¿Le duele? —preguntaba Simón.

—No, ya no me duele. Ahora me pica —respondía el maestro.

—A mí también. Me gustaría rascarme la pierna, pero no puedo.

—Me han dicho que se consigue con una aguja de hacer punto —indicaba el maestro.

—Además —decía Simón—, la suya ha sido también la derecha.

—Sí, es una casualidad —respondía don Anselmo.

—¿Quién nos ayudará ahora a subir las escaleras? —preguntaba Simón.

—Nadie —decía el maestro—. Que cada uno se las apañe como pueda.

15

Una tarde de primavera

LA mesa de Simón estaba situada bajo una ventana. El sol entraba de lleno y por aquellos días sus rayos calentaban más de lo normal.

Simón se levantó y pidió permiso para abrir la ventana y bajar un poco la persiana. A don Anselmo le pareció una buena idea.

La clase estaba en silencio, y el maestro, sentado frente a su mesa, corregía ejercicios de cálculo. Un zumbido sordo distrajo la atención de Simón. Era una avispa que había entrado por la ventana. El insecto sobrevoló las cabezas de los alumnos y luego volvió a los alrededores de Simón. Simón se echó hacia atrás y con la regla intentó espantarla.

—¿Qué ocurre? —intervino don Anselmo.

—Ha entrado una avispa.

—¿Y por eso tanto alboroto? —refunfuñó el maestro.

—Es que va a picar a alguien —aseguró Simón.

—Echadla por la ventana, pero no alborotéis de esa manera.

—¡Cuidado! —gritó uno.

—¡Ahí, ahí va! —dijo otro.

Simón se subió a la mesa e intentó de nuevo golpear a la avispa con la regla.

—Pero, bueno, ¿vais a estar así toda la tarde? —protestó don Anselmo.

—Si es que no se va... —insistió Simón.

—Vamos a ver —dijo ahora don Anselmo, y poniéndose en pie, buscó con la mirada al insecto y se acercó a él cautelosamente—. Dejadme a mí —dijo y dio un manotazo al aire—. ¡Mmmm! —había fallado.

La avispa estaba cada vez más irritada, dio varias vueltas por la clase y desapareció.

—¿Dónde se ha metido? —preguntó don Anselmo.

Los chicos buscaron por el suelo, bajo las mesas, entre los libros y se miraron la ropa. Había desaparecido.

De pronto, don Anselmo dio un grito:

—¡Ay, mecachis!

—¿Dónde está? —preguntaron todos a la vez.

—Aquí, entre la escayola y mi pierna —don Anselmo

giró sobre el tacón de goma de la escayola, perdió el equilibrio y cayó al suelo.

—Vamos, haced algo... —les decía el maestro.

—¿Le quitamos la escayola? —preguntó Simón que no podía entender a su maestro.

—No seas bruto, Simón... ¡Ay! ¡Ay! Pedid a doña Felipa, ¡ay! una aguja de hacer punto, ¡ay! a ver si con ella podéis sacar, ¡ay! a este maldito insecto, ¡ay!

Doña Felipa les prestó la aguja y pudieron sacar la avispa. Don Anselmo cerró todas las ventanas y a Simón le cambió de sitio.

16

Alarma en el laboratorio

DON Anselmo se puso la bata blanca que reservaba para aquellas ocasiones. Cada chico traía en una caja de cartón los ingredientes necesarios para la experiencia; un frasquito con vinagre, un bote con bicarbonato, dos vasos de cristal, una cucharilla para agitar la mezcla y un poco de colorante de paella para darle buen color.

El laboratorio era amplio y soleado. Cada alumno se sentó frente a su mesa, sacó las cosas de la caja y don Anselmo comenzó a explicar la experiencia. Debían observar que al mezclar un ácido como el vinagre, con una cantidad de bicarbonato, se desprendían gases.

—Primero echamos el vinagre —indicó don Anselmo—. Bastará con unas cucharaditas. Luego, un poco de agua para rebajar el efecto.

Todos los chicos echaron el vinagre y el agua.

—Ahora —siguió el maestro—, lo teñiremos con el colorante de paella.

Los chicos echaron el colorante.

—Batiremos bien la mezcla. Atención —avisó don Anselmo—, éste es el momento más importante de la experiencia. En cuanto echéis el bicarbonato dentro del vaso, comenzará la reacción. Saldrá espuma y gases, luego lo taparemos con el otro vaso. Veréis cómo se desprenden los gases. ¿Preparados?

—Síííííí —dijeron todos.

—¡Ya, echad el bicarbonato!

Los chicos observaban muy atentos lo que ocurría, pero algo los distrajo: un olor repelente invadió el laboratorio.

—¡Qué mal huele! —gritaron algunos y se taparon la nariz.

—Sí, tenéis razón —indicó don Anselmo.

—Es el experimento de Simón. Me tiene atufada —protestó Rita.

—¿Qué te ocurre? —preguntó el maestro a Simón.

—No sé, mi experimento huele muy mal y suena como glup, glup...

—¡Rayos!, pues sí que es verdad —dijo don Anselmo—. ¿Qué le has echado?

—Como no tenía vinagre, le eché un líquido morado que me quedaba en mi caja de juegos de química.

—¿Y no sabes lo que era? —preguntó el maestro preocupado.

—No, no; pero también funciona. Mire, mire...

El líquido del vaso de Simón cambió de color. Se puso verde y soltó una pompa grandísima que voló por el laboratorio. La pompa chocó contra un cartel en el que se podían observar los distintos tipos de peces, y al momento el cartel se quedó totalmente blanco.

—¡Mecachis! —gritó don Anselmo—. Esto no me gusta nada.

—Si quiere, lo tiro por la ventana —sugirió Simón.

—No, no, no lo toquemos. Nadie sabe lo que puede ser.

Comenzó a salir del vaso una espuma verde y chorreó por la mesa, cayéndole a don Anselmo en la bata y en los zapatos. Al momento los zapatos desaparecieron y en la bata se hizo un enorme agujero.

—Mirad mi bata. Fijaos lo que hubiera pasado si llegáis a tocarlo.

Todos los chicos se arremolinaron en torno al maestro y a Simón. Del vaso salieron pompas de colores que flotaban por el aire, y cuando se reventaban, caían en forma de gotitas que se comían el color de las baldosas del suelo.

—¡Cuidado! —gritó don Anselmo—. Esto es peligroso. Id saliendo de aquí.

Todos corrieron hacia la puerta y don Anselmo echó algo en falta:

—¿Y mis gafas? —preguntó.

—Usted las dejó allí —indicó Simón—. Al lado de mis vasos.

Don Anselmo entró de nuevo en el laboratorio, pero sus gafas habían desaparecido bajo la espuma. Se habían desintegrado.

—¡Esto es el colmo! Bueno, salgamos todos de aquí.

Don Anselmo empujó a los chicos.

—¡Cerrad la puerta, no sea que ese maldito líquido destruya el colegio!

Todos salieron de allí rápidamente y muy asustados. Desde el otro extremo del patio vieron cómo de las ventanas del laboratorio salían pompas de colores y humo verde. Al cabo de una hora pareció que todo había terminado.

Cuando entraron en el laboratorio, no quedaba nada. Por no quedar, no quedaban ni los libros que habían dejado bajo las mesas mientras realizaban la experiencia.

17

Excursión de fin de curso

EL autocar se detuvo frente a la puerta del colegio.

Después de un «pssss», producido por el escape de la válvula de los frenos, las puertas se abrieron y todos los chicos se apresuraron a subir.

—¡Quietos! —dijo don Anselmo—. Antes tengo que pasar lista. No os arremolinéis aquí. ¡Vamos, en fila!

El maestro sacó la lista y comenzó a pasarla en voz alta:

—Ramón Abad, que suba. Lucas Ayala, que suba...

Los chicos se fueron sentando y algunos sacaron los primeros bocadillos del día.

Cuando estuvieron todos, don Anselmo dio la orden y el autocar arrancó.

Desde las ventanillas pudieron ver cómo el colegio

se quedaba atrás. Enseguida llegaron a una carretera en las afueras de la ciudad.

La alegría de la excursión y el cansancio de la noche anterior debido a los nervios al pensar en el día de excursión, el viaje..., se hicieron notar. Unos devoraban los bocadillos, otros cambiaban un plátano por una bolsa de patatas fritas, otros se comían el postre...

Don Anselmo se sentó al lado de Simón. Y no fue por casualidad; el maestro no quería perderlo de vista en todo el viaje.

Simón sacó de su bolsa un bocadillo de tortilla recién hecha que desprendía un agradable olorcillo. Al ver cómo lo miraba don Anselmo, preguntó:

—¿Quiere? —ofreciéndole el bocadillo.

—No, gracias, yo también he traído mi comida. Por cierto... —don Anselmo se levantó a la velocidad de un rayo y miró hacia el sitio donde habían amontonado las bolsas—, ¿dónde has puesto mi bolsa?

—¿Su bolsa? ¡Anda! —Simón se echó las manos a la cabeza.

—Sí, sí —insistió el maestro—. Te dije que me la cuidaras mientras pasaba lista. ¿Qué has hecho de ella?

—Pues... me parece que se ha quedado a la puerta del colegio.

—Ya empezamos —protestó don Anselmo, enfadado—. ¿Es que no se te puede encargar de nada?

Don Anselmo se levantó y miró al exterior. Ya estaban lejos y no se podía volver.

—¿Quién me mandaría confiarte la bolsa? —siguió protestando.

—No se preocupe —le quiso tranquilizar Simón—. Llevo suficiente comida para los dos.

—Si no es eso —replicó don Anselmo—. Lo que yo quiero, Simón, es que te responsabilices más de las cosas.

—Don Anselmo —dijo ahora Simón—, yo no he perdido mi bolsa. Me he preocupado de ella.

El maestro no dijo nada y se sentó de nuevo.

Pasado un rato, y como los chicos ya estaban alborotando más de lo normal, don Anselmo conectó el micrófono y les dijo:

—Vamos a jugar a algo. Por ejemplo, a las rimas. Con nuestros nombres haremos poesías. Fijaos cómo lo hago yo —y volviéndose a Simón, dijo:

—«Simón, Simoncillo,
eres un poco despistadillo».

Todos rieron a carcajadas.

—Ahora yo —dijo uno.

—Y yo —continuó otro.

—¡Bueno —tuvo que gritar don Anselmo para hacerse oír—, hay que guardar un orden!

Como Simón había levantado la mano el primero, le cedió la palabra.

Simón tomó el micrófono y dijo:

—«Don Anselmo, don Anselmo,
tiene su corazón tierno,
guardado en un termo,
de piel de paquidermo.»

¡Menudo alboroto se organizó! Todos se rieron con ganas. Todos menos el maestro.

—¿Qué pasa? —se extrañó Simón.

—Vale —dijo don Anselmo—, ya no se juega más a esto —y se sentó muy serio a leer el periódico.

Simón, de vez en cuando, lo miraba por el rabillo del ojo.

Por fin llegaron a la granja-escuela, la meta del viaje. Era un lugar fantástico, rodeado de prados y tierras de labor. Repartidos por la granja estaban los establos, las cuadras, los gallineros, la colmena...

—¡Cuidado con la colmena! —dijo don Anselmo nada más bajarse del autocar—. Bajad todos, que os voy a contar de nuevo. No quiero faenas ni gamberradas. Deberéis respetar a los animales y a las plantas y aprovechar el día para conocer mejor las costumbres y trabajos de las personas del campo. Disfrutaremos todo lo que podamos. En primer lugar visitaremos al dueño de la granja para que nos enseñe los alrededores. ¿De acuerdo?

—De acuerdo —gritaron todos y se pusieron en marcha.

—Ah, y una cosa: cada hora tocaré el silbato. Al oír esta señal, todos vendréis aquí y os contaré de nuevo.

La mañana transcurrió tranquila entre animales y plantas. Don Anselmo, junto con el dueño de la granja, explicaba a sus alumnos todo cuanto veían: los tiempos de siembra y recolección, los productos que daba cada animal...

Cuando llegaron a los establos, pudieron ver las vacas. Eran casi veinte y comían alfalfa en sus pesebres.

El dueño de la granja se reía con los comentarios que hacían los chicos. Les dijo que esas vacas no atacaban a la gente, eran vacas lecheras y muy mansas, pero que al lado, en otro establo, tenía encerrada una vaca pelirroja, que cuando se enfadaba, tiraba por tierra a todo el que se pusiera por delante; y para evitar disgustos, la tenía apartada.

Llegó la hora de comer y todos se sentaron en corro a la sombra de una gran encina.

Los chicos, al enterarse de que don Anselmo no había traído comida, le ofrecieron de las suyas. Así, al final, el que tenía más bocadillos y latas de refresco era el maestro.

Después de comer, don Anselmo les dio media hora de descanso para que cada uno hiciera lo que más le apeteciese. Los que quisieran quedarse junto a él, podrían hacerlo y así entonar algunas canciones.

Simón fue uno de los primeros en marcharse a disfrutar de su tiempo libre.

Entró en los establos y fue a ver la vaca pelirroja.

Era una vaca muy nerviosa, con los cuernos afilados y apuntados hacia arriba.

Cuando vio a Simón, se intranquilizó y mugió.

Simón, subido en una cornisa muy amplia, que parecía casi una plataforma, la pinchó con un palo en el anca.

El animal sacudió con fuerza la pata y rascó el suelo. Esto le hizo gracia a Simón y siguió molestando a la vaca varias veces. Hasta que el animal, ya harto, embistió contra la puerta del establo y la arrancó de cuajo, quedando totalmente libre.

Cuando Simón vio salir a la vaca, se apresuró a avisar a los demás. Pero el animal corría a toda velocidad con la cabeza alzada y levantando una espesa nube de polvo. Simón se refugió debajo de un carro y pudo ver que la vaca pasaba por su lado como una centella, resoplando y en dirección a la encina donde estaban los otros chicos y don Anselmo.

—¡Cuidado con la vaca! —les gritó Simón. Pero como estaban cantando a pleno pulmón, nadie pudo oírle.

Cuando los cantores vieron que la vaca se les venía encima, abrieron el corro por la mitad, dejando en el centro un ancho pasillo y a don Anselmo solo frente al animal.

—¡No os mováis, que es peor! —gritó el maestro.

La vaca se paró frente a él, rascó el suelo con la pezuña, olió la tierra y arrancó como una furia. Después

de la vaca, el primero que se movió, claro, fue don Anselmo.

—¡Mecachis! —dijo y salió corriendo prado adelante con la vaca pegada a los talones.

Los chicos se quedaron asombrados de lo rápido y lo bien que sabía correr don Anselmo. Luego vieron cómo maestro y vaca se perdían en el horizonte.

La granja quedó en silencio durante un buen rato. Algunos chicos se sentaron a esperar que don Anselmo regresase, pero viendo que tardaba, se fueron a jugar y así transcurrió gran parte de la tarde.

Simón tocó varias veces el silbato para ver si así regresaba don Anselmo.

Ya era casi de noche y los chicos habían subido al autocar. Algunos dormían cansados de tanto jugar y correr, cuando alguien gritó:

—¡Ahí, ahí llega don Anselmo!

El maestro venía con la camisa por fuera del pantalón y sin botones, un zapato menos y una cara de enfado como nunca ningún alumno suyo le había visto jamás. No contó a nadie lo que había ocurrido y subió al autocar:

—¡Arranque, ya estamos todos! —dijo.

Fin

Taller
de lecturas

Simón, Simón

1. Simón era un niño normal

Los niños que llegan a ser protagonistas de historias y cuentos suelen ser un poco distintos. Simón, ya lo habrás comprobado al leer el libro, es un personaje curioso porque se mete en líos, provoca desorden, hace algunas cosas absurdas y..., sobre todo, por los disparates que rodean sus acciones de cada día.

1.1. Al comenzar el libro, el autor nos explica cómo es Simón. Intenta hacerlo tú sin copiar lo que has leído.

....

....

1.2. También nos dice el libro que Simón tenía un defecto. Pinta de color el cuadro que está junto al defecto de Simón.

- Se chupaba el dedo ☐
- No sabía leer ☐
- Era tardón ☐
- Pintaba las paredes ☐
- Comía mucho ☐

1.3. Un día Simón se hizo amigo de un espantapájaros y se quedó en su lugar para que el espantapájaros se diera una vueltecita por ahí. Como tardaba mucho en volver, Simón dijo: (Subraya sólo la respuesta correcta.)

— «Me gusta mucho ser espantapájaros.»

— «Voy a jugar con los pajaritos.»

— «Ser espantapájaros es un rollo.»

— «Mañana volveré a ser espantapájaros.»

— «¡Qué cara de tonto tiene este espantapájaros!»

1.4. Te voy a copiar una frase del Capítulo 1. Ten cuidado porque hay una palabra cambiada. Encuéntrala y repite la frase completa, tal como está en el libro:

«Simón se vistió con aquella ropa, colocó los brazos en alto y se quedó quieto.»

....

....

....

2. Los muñecos no pueden hablar

Fita era la hermana de Simón. A Simón le gustaba mucho gastar bromas, que no le hacían gracia a la niña.

2.1. Explica tres bromas de las que le gastaba Simón al salir del colegio.

1. ....

....

2. ....

....

3. ....

....

2.2. Gigantón era el muñeco preferido de Fita. Dibuja en tu cuaderno a Gigantón según la descripción que has leído de él en el libro.

2.3. Tú sabes que algunos muñecos «hablan». Pero sólo lo hacen cuando se pone a funcionar el mecanismo que llevan por dentro.

¿Qué dijo Gigantón una tarde, cuando Simón jugaba con dos soldaditos de plástico?

....

....

2.4. Simón creía que *«los muñecos no pueden hablar»*. Pero Gigantón le mandaba hacer cosas que a él no le gustaban.

¿Qué hizo Simón para que no volviera a hablar el muñeco?

....

....

3. A Simón le gustaba estudiar...

A Simón le gustaba mucho estudiar algunas cosas que normalmente no se estudian en el colegio.

3.1. ¿Recuerdas tres de estas cosas?

- ....

....

- ....

....

- ....

....

3.2. Describe cómo era «Supermosca».

....

....

3.3. Pinta del mismo color las dos mitades de cada una de las frases que aparecen en el libro sobre «Supermosca».

Cierto día, Simón dibujó	*hasta el planeta Xirius.*
La nave saldría en vuelo de reconocimiento	*«Supermosca» y la nave despegó*
Todo estaba dispuesto, así que montó a	*una nave espacial preciosa*

3.4. En este capítulo hay narraciones fantásticas. No pueden ocurrir en la realidad. Explica por qué.

....

....

4. *«Me ha tocado una mala sombra»*

En muchas ocasiones para decir que no hemos tenido suerte, utilizamos esta expresión: *¡Qué mala sombra!*

4.1. Explica tú otras dos expresiones que signifiquen lo mismo que ésta.

....

....

4.2. Explica una de las *«gamberradas»* que hizo la sombra de Simón.

....

....

....

4.3. ¿Por qué te parece que resulta simpática esta historia absurda de la sombra de Simón?

....

....

....

4.4. Inventa una historia «absurda» sobre tu sombra.

....

....

....

....

5. Quinto de Primaria

Quinto y sexto son dos niveles muy importantes porque forman el Tercer Ciclo, y con ellos se termina la enseñanza Primaria.

5.1. El maestro de Quinto se llamaba don Anselmo, pero Simón se equivocó varias veces al llamarlo.

Escribe varias formas distintas de cómo pronunció el nombre del profesor.

don ....

don ....

don ....

5.2. Otros nombres de profesores del colegio eran don Ataúlfo, doña Felipa...

Escribe tú el nombre de todos los profesores y profesoras que conozcas de tu colegio.

don ....

don ....

doña ....

doña ....

5.3. Explica lo que quiere decir la siguiente frase: *«Doña Aurelia llegará esta tarde y debemos obsequiarla con un caluroso recibimiento.»*

....

5.4. Cada niño tenía una *«misión»* que cumplir en la escuela: limpiar las mesas, regar las macetas, ordenar las estanterías.

Haz una lista de «misiones» que pueden hacer en una escuela los propios alumnos:

....

5.5. Infórmate de lo que significan las siguientes palabras y expresiones. Usa el diccionario, pero procura que tu respuesta sirva para aclarar el Capítulo 5.

—Pelo color *zanahoria:* ....

....

—Doña Aurelia es nuestra *benefactora:* ....

....

....

—Debemos *obsequiarla:* ....

....

....

—No hay muchos *títulos* en la bicicleta: ....

....

....

—*Apiló* los libros: ....

....

5.6. Cuenta lo que ocurrió a la benefactora, doña Aurelia, con las galletas que le ofreció Simón.

6. Un terrario

En la clase de Ciencias, don Anselmo quería construir un terrario con ayuda de los niños.

6.1. Explica qué es y para qué sirve un terrario.

....

....

....

6.2. Infórmate sobre qué animales se pueden meter en un terrario escolar.

....

....

6.3. Los alumnos de la clase de Simón estuvieron tres días sin poder ir al colegio.

Pinta de color el cuadro que tenga la respuesta verdadera.

- Porque los niños tenían la gripe.
- Porque estaba sucio el colegio.
- Porque había pulgas.
- Porque estaba enfermo el maestro.

7. Un bote lleno de grillos

Simón tenía tantas clases diferentes de grillos que, por falta de tiempo, no podía catalogar.

7.1. Completa tú lo que falta:

Tenía grillos músicos, grillos ....

grillos ...., *y* ....

7.2. En la clase de Lenguaje, don Anselmo preparó un examen sobre el uso correcto de las letras *b* y *v*.

Escribe la letra que corresponde *(b-v)* a las siguientes palabras:

_arias	sa_ían
escri_iendo	trata_a
_ote	li_ro
pronuncia_a	_erano
_urro	_acación

(Si las buscas en el libro encontrarás la solución.)

8. Como un papagayo

Muchos niños se aprenden las lecciones de memoria y hablan sin entender lo que explican. Entonces decimos que parecen papagayos.

8.1. ¿Por qué crees tú que se elige el papagayo para esta expresión?

....

....

....

8.2. También hay otras expresiones que significan lo mismo, pero nombran otros animales.

Infórmate y escribe tres frases con expresiones parecidas, cambiando el nombre del animal.

- ....

....

- ....

....

- ....

8.3. «Papagayo» es una palabra compuesta, como «bocamanga» y «carricoche».

Busca otras palabras compuesta y escríbelas a continuación:

....

....

....

9. El patio de recreo

El patio de recreo de los colegios sirve para descansar entre clase y clase. También sirve para jugar y practicar deportes.

9.1. ¿A qué jugaban los niños en el patio de recreo del colegio de Simón?

....

....

....

9.2. Cuenta por escrito lo que le ocurrió a don Anselmo en el patio de recreo.

....

....

....

....

9.3. Busca en el diccionario el significado de estas palabras. Elige la explicación que conviene a este capítulo.

excavar: ....

esfumado: ....

volatizado: ....

10. Nuestros amigos los animales

Los niños que tratan bien a los animales demuestran tener buenos sentimientos. Simón era amigo de los animales y no podía permitir que les ocurriera algo malo si él lo podía evitar.

10.1. ¿Qué razones tenía Simón para llevarse un gato a la escuela?

....

....

....

10.2. Observa las siguientes frases y cambia las palabras en «negrita» por otras, de manera que las frases sigan significando lo mismo.

- *«Le dijo* **por lo bajines***»...*

....

- «**Con el alboroto**, *el gato se espantó.»*

....

- *«El animal* **se aferraba** *con todas sus fuerzas.»*

....

- *«Don Anselmo* **no comentó** *nada de lo ocurrido.»*

....

10.3. Los escritores utilizan comparaciones y otros recursos literarios para embellecer los mensajes escritos de sus libros.

Observa lo que te proponemos a continuación y explica lo que el autor quiere decir.

- *«Apareció don Ataúlfo con su voz de trombón.»*

....

....

- *«¡Quitadme de encima esta fiera!»*

....

....

- *«¡En uno de los saltos el gato aterrizó en la calva del director, se resbaló en aquella bola de billar...»*

....

11. Comprender, gozar, reflexionar

La lectura de libros ha de proporcionar al niño un *goce*. Pero para disfrutar de la lectura ha de *comprender* lo que lee. Si así ocurre, la comprensión y el gozo le llevarán a *reflexionar.*

11.1. Escribe qué te ha hecho *gozar* o disfrutar en la lectura de este libro. (Puedes basarte en el Capítulo 11. Hazlo en tu cuaderno.)

11.2. Si *has comprendido* la lectura, lo puedes demostrar completando estas frases:

- El único día que Simón no llegaba tarde a clase era

....

- Don Anselmo se enfadó en la clase de Trabajos Manuales porque ....

....

- El maestro pudo llegar a su casa porque se rompió la silla y ....

....

11.3. Si *has comprendido* este libro y *has gozado* con su lectura, quizás te plantees alguna *reflexión.*

¿Qué opinas sobre...

- el cariño y la gratitud a los maestros?

....

....

- el orden y la limpieza en los colegios?

....

....

- las excursiones de fin de curso?

....

12. Fiesta en el cole

El colegio es un lugar de convivencia feliz. Las fiestas que se celebran en los colegios sirven para que los alumnos se reúnan, se conozcan mejor y puedan realizar actividades para darse a conocer al exterior.

12.1. ¿Qué preparaban los alumnos de don Anselmo para celebrar la fiesta de la Navidad?

....

12.2. ¿Por qué se equivocaba Simón cuando representaba su papel en los ensayos de teatro?

....

12.3. Simón dijo a su profesor que no le oía bien porque hablaba así: *«bisss, bisss...»* Inventa tú formas como ésta de explicar algunos ruidos:

Ej.:

- «bisss, bisss...» (habla flojo y no entiende)
- «chisss, chisss.» (para pedir silencio)
- «toc, toc.» (llaman a la puerta)
- ....
- ....
- ....

12.4. Lee con atención el Capítulo 13, *«En la fiesta de Navidad»*. Observarás que, al final, el autor del libro se ha ingeniado un chiste.

Don Anselmo hacía de apuntador y tenía que decir: *«—Ya veo la estrella.»*

En cambio dijo: *«—¡Ya veo las estrellaaas!»*

Explica tú este chiste.

....

....

....

....

....

13. ¿Quién es el dueño?

En el libro *Simón, Simón,* de Emilio Sanjuán, aparecen muchos personajes, aunque los protagonistas son Simón y don Anselmo. Para probar tu atención vamos a jugar a «¿quién es el dueño?».

Tú piensa y... contesta por escrito.

13.1. —¿Quién es el dueño del muñeco Gigantón?

....

—¿Quién es el dueño de un peluquín?

....

—¿Quién es el dueño de las muletas que hicieron rodar por las escaleras a don Anselmo?

....

—¿Quién es el dueño de un pantalón que se pegó a una silla?

....

14. ¿Cuándo y dónde?

Seguimos jugando con el libro. Ahora intentamos saber cuándo y dónde ocurrieron algunos sucesos de los que aparecen en esta lectura.

14.1. ¿Dónde estaba situada la mesa de Simón en la clase? (Cap. 15.)

....

14.2. ¿Dónde se metió la avispa que había entrado por la ventana de la clase?

....

14.3. ¿Cuándo hicieron teatro en la escuela de Simón?

....

....

14.4. ¿Cuándo hicieron la excursión los alumnos con los maestros?

....

15. Antes o después

Los autores de los libros de cuentos narran una serie de sucesos que van apareciendo, unos antes y otros después.

15.1. *«Alarma en el laboratorio.»* Aquí te exponemos algunos sucesos que le ocurrieron a Simón. Colócalos con números del 1 al 5 en el mismo orden que están en el libro de Emilio Sanjuán.

— En la bata se hizo un enorme agujero. ☐

— El líquido del vaso de Simón cambió de color. ☐

— Todos los chicos echaron el vinagre y agua. ☐

— Don Anselo se puso la bata blanca. ☐

— Cada alumno sacó las cosas de la caja. ☐

15.2. Coloca por orden lo que sigue. (Has de copiarlo según está en el libro.)

- *«Y cuando se reventaban, caían en forma de gotitas.»*

- *«Todos los chicos se arremolinaron en torno al maestro y Simón.»*

• *«Que se comían el color de las baldosas del suelo.»*

• *«Del vaso salieron pompas de colores que flotaban en el aire.»*

16. Se han perdido palabras

Vamos a jugar a encontrar palabras. El caso es... que no se han perdido. Se han trasladado de lugar, cambiándose por otra.

16.1. Observa el texto que te proponemos a continuación. Todas las palabras que están en negrita se han escapado de su sitio. Búscales su lugar y deja las cosas en orden.

¿Estás preparado?
¿Listos?
¡Ya...!

«El **escape** *se detuvo frente a la* **lista** *del colegio. Después de un "psss", producido por el* **autocar** *de la* **puerta** *de los* **chicos,** *las puertas se abrieron y todos los* **frenos** *se apresuraron a subir. ¡Quietos! —dijo don Anselmo—. Antes tengo que pasar* **válvula.**»

....

....

....

16.2. Sustituye las líneas de puntos por la palabra que corresponda. (Cap. 17.)

- *«Los chicos se fueron .... y algunos sacaron los primeros .... del día.»*
- *«Don Anselmo se .... al lado de Simón. Esto fue una ....»*
- *«Simón sacó de su .... un bocadillo de .... recién hecha.»*

16.3. Explica por qué se quedó el maestro sin bolsa de comida.

....

....

16.4. Los niños jugaron a «las rimas» en la excursión. Recuerda alguna de las que inventaron:

- *«Simón, Simoncillo,*
  eres un poco despistadillo.»
- *«Don Anselmo, don Anselmo,*
  tiene un corazón tierno...»

Inventa tú «rimas» de dos líneas (versos) cada una.

- ....

....

- ....

....

17. El humor

Un diccionario define así la palabra *humor:* *«Cualidad que consiste en saber descubrir y mostrar lo que de cómico y ridículo puede haber en ciertas personas o cosas.»*

17.1. ¿Consideras que *«Simón, Simón»* es un libro de humor? Explícalo a tu manera.

....

....

....

....

17.2. Algunos libros humorísticos sólo pretenden hacernos reír: ése es su objetivo. Otros buscan un objetivo más amplio y, además de divertirnos, nos enseñan algo. ¿Te parece que este libro pertenece a la primera clase o a la segunda?

Razona bien tu respuesta, porque un libro tiene muchas lecturas, tantas como lectores, y tú puedes encontrar en este relato algo distinto que tus compañeros y amigos.

....

....

....

Índice

Series *de la colección* alta mar

Aventuras

Ciencia Ficción

Cuentos

Humor

Misterio

Novela Histórica

Novela Realista

Poesía

Teatro

Títulos publicados

1. *Carmen CONDE.* **Despertar** (P)
2. *Montserrat del AMO.* **El abrazo del Nilo** (A)
3. *Fernando ALMENA.* **Los pieles rojas no quieren hacer el indio** (T)
4. *Ángela C. IONESCU.* **«Déjame solo, Joe»** (C)
5. *Gianni PADOAN.* **Concierto de libertad** (NH)
6. *Juan FARIAS.* **Los apuros de un dibujante de historietas** (H)
7. *Carlos MURCIANO.* **La rana mundana** (P)
8. *Juan MUÑOZ.* **Las tres piedras y otros cuentos** (C)
9. *Juana Aurora MAYORAL.* **La cueva de la Luna** (CF)
10. *Sauro MARIANELLI.* **Una historia en la Historia** (NH)
11. *Pilar MOLINA LLORENTE.* **Aura gris** (NH)
12. *Jean GUILLORÉ.* **El viaje de Nicolás** (A)
13. *Samuel BOLÍN.* **Los casos del comisario Antonino** (M)
14. *Ronimund H. VON BISSING.* **La Tierra del Oro Ardiente** (A)
15. *Elvira MENÉNDEZ.* **La máquina maravillosa** (CF)
16. *Jules ROMAINS.* **Knock o El triunfo de la medicina** (T)
17. *Fernando ALMENA.* **Marcelo Crecepelos** (H)
18. *Juan MUÑOZ.* **El feo, el bobo y el malo** (C)
19. *Blanca GARCÍA-VALDECASAS.* **Los chicos de La Maraña** (A)
20. *Gloria FUERTES.* **La poesía no es un cuento** (P)
21. *Juana Aurora MAYORAL.* **Enigma en el Curi-Cancha** (NH)
22. *Alan C. McLEAN.* **El fantasma del valle** (A)
23. *Fernando G. TEJADA.* **Noche de luna con gatos** (T)
24. *Emilio SANJUÁN.* **Simón, Simón** (H)
25. *Jacques FUTRELLE.* **La Máquina Pensante** (M)
26. *José Luis VELASCO.* **El Océano Galáctico** (CF)
27. *Gabriel JANER MANILA.* **Cuentos para los que duermen con un ojo abierto** (C)
28. *Manfred LIMMROTH.* **El pequeño Otto ha desaparecido** (H)
29. *Hilda PERERA.* **Mumú** (A)
30. *Alfredo GÓMEZ CERDÁ.* **Luisón** (C)
31. *Christopher KNOCK.* **Edgar Wallace y el caso Software** (M)
32. *Antonio-Manuel FABREGAT.* **Los cuentos de mi escuela** (C)
33. *Fernando LALANA.* **Edelmiro II y el dragón Gutiérrez** (T)
34. *Avelino HERNÁNDEZ.* **1943** (NH)
35. *François GOUDET.* **Marieta y los vikingos** (M)
36. *Braulio LLAMERO.* **El inspector Tigrili** (H)
37. *Miguel Ángel MENDO.* **Vacaciones en la cocina** (C)
38. *Ángela C. IONESCU.* **El país de las cosas perdidas** (C)
39. *Concha LÓPEZ NARVÁEZ.* **El tiempo y la promesa** (NH)
40. *Mathias DUNANT.* **El monstruo de Jarama** (CF)
41. *Fernando LALANA y J. M.ª ALMÁRCEGUI.* **La bomba** (H)
42. *José Francisco VISO.* **Don Caracol Detective** (M)
43. *Fernando ALMENA.* **El cisne negro** (T)
44. *Hazel TOWNSON.* **Los embrollos de Beny** (H)
45. *Alfredo GÓMEZ CERDÁ.* **El laberinto de piedra** (A)

46. *Ángela C. IONESCU.* **Los amigos** (M)
47. *G. BEYERLEIN y H. LORENZ.* **El sol no se detiene** (NH)
48. *Lucila MATAIX.* **El calcetín del revés** (C)
49. *Montserrat del AMO.* **¡Siempre toca!** (T)
50. *F. ALMENA, M. del AMO, J. FARIAS, J. M. GISBERT, A. GÓMEZ CERDÁ, G. JANER MANILA, C. KURTZ, F. LALANA, C. LÓPEZ NARVÁEZ, J. A. MAYORAL, P. MOLINA LLORENTE, J. MUÑOZ, C. MURCIANO, J. L. OLAIZOLA y M. PUNCEL.* **Compañero de sueños** (C)
51. *Enrique PÁEZ.* **Devuélveme el anillo, pelo cepillo** (M)
52. *José GONZÁLEZ TORICES.* **Tengo mucho cuento** (C)
53. *Juana Aurora MAYORAL.* **Lirios de agua para una diosa** (NH)
54. *Esteban BUÑUEL.* **Quiero ser astronauta** (P)
55. *Raúl JIMÉNEZ.* **Aldurabahim** (A)
56. *Carlos MURCIANO.* **Las amapolas se han vuelto blancas de repente** (CF)
57. *Samuel BOLÍN.* **Nuevos casos del comisario Antonino** (M)
58. *Juan MUÑOZ.* **Ciprianus, gladiador romanus** (H)
59. *Achim BRÖGER.* **Mi 24 de diciembre** (H)
60. *Michel VINAVER.* **Las travesuras de Rosalía** (A)
61. *Fernando ALMENA.* **El pavo Facundo** (H)
62. *Concha LÓPEZ NARVÁEZ y Carmelo SALMERÓN.* **El parasubidas** (A)
63. *Francisco DÍAZ GUERRA.* **El alfabeto de las 221 puertas** (A)
64. *Eduardo GALÁN.* **La silla voladora** (T)
65. *Alfredo GÓMEZ CERDÁ.* **La gota de lluvia** (C)
66. *Elvira MENÉNDEZ.* **Ése no es mi zoo** (H)
67. *Manuel L. ALONSO.* **Los aventureros** (A)
68. *Braulio LLAMERO.* **El rey Simplón** (H)
69. *Fernando ALMENA.* **El misterio indescifrable** (CF)
70. *M. Dolors ALIBÉS.* **Superfantasmas en un supermercado** (H)
71. *Ana María ROMERO YEBRA.* **La vaca de Dosinda** (P)
72. *Carmen VÁZQUEZ VIGO.* **¡Cumpleaños feliz!** (C)
73. *Mercè COMPANY.* **Los dientes del león** (A)
74. *Hansjörg MARTIN.* **No hay sitio para Tarzán** (H)
75. *Juana Aurora MAYORAL.* **Tres monedas de un penique** (M)
76. *Juan MUÑOZ.* **El diplodoco Carioco** (H)
77. *Consuelo ARMIJO.* **Guiñapo y Pelaplátanos** (T)
78. *Montserrat del AMO.* **Patio de corredor** (NR)
79. *Enrique PÁEZ.* **El Club del Camaleón** (M)
80. *Joan Manuel GISBERT.* **El enigma de la muchacha dormida** (A)
81. *Juan FARIAS.* **La infancia de Martín Piñeiro** (NR)
82. *Charles VILDRAC.* **Las gafas del león** (C)
83. *Javier REQUERO.* **El Príncipe Negro** (A)
84. *Concha LÓPEZ NARVÁEZ.* **La tejedora de la muerte** (M)
85. *Christine NÖSTLINGER.* **Chachi** (A)
86. *Marta OSORIO.* **El pavo real** (C)
87. *José María MENDIOLA.* **El castillo de Lora** (M)
88. *Juan Ignacio HERRERA.* **En la cumbre de un tepuy** (A)
89. *Ángel ESTEBAN.* **Háblame del sol** (C)
90. *Carles CANO.* **¡Te pillé, Caperucita!** (T)

91. *Rafael ESTRADA.* **El comisario Olegario** (M)
92. *Jean-François NORCY.* **Buldo** (A)
93. *Lucila MATAIX.* **Un gigante en el bolsillo** (C)
94. *Elvira MENÉNDEZ.* **MNA** (A)
95. *Eduardo GALÁN.* **¡SOS, salvad al ratoncito Pérez!** (C)
96. *Nina WARNER.* **La luna en el agua** (A)
97. *Trini LEÓN.* **La estirpe del Cóndor Blanco** (A)
98. *Jacqueline CERVON.* **Selim, el vendedor de alegría** (A)
99. *Seve CALLEJA.* **Dos hámsters en una jaula** (C)
100. *Montserrat del AMO.* **El bambú resiste la riada** (NR)
101. *Juan Alfonso GIL ALBORS.* **Patatín, Patatán, Patatón** (T)
102. *José Luis VELASCO.* **24 horas para un rescate** (M)
103. *José ZAFRA.* **Historias de Sergio** (C)
104. *Concha LÓPEZ NARVÁEZ.* **Nieve de julio** (C)
105. *Paul van LOON.* **Sam, la superdetective** (M)
106. *Emilio SANJUÁN.* **Carlos Baza, «Calabaza»** (H)
107. *Carmen MORALES.* **Bigote blanco-Bigote negro** (C)
108. *Elvira MENÉNDEZ.* **Olock-Lolo** (CF)
109. *José Luis OLAIZOLA.* **El cazador urbano** (NR)
110. *Marina SEOANE.* **¿Dónde están mis dibujos?** (C)
111. *Emilio SANJUÁN.* **Las vacaciones de Simón, Simón** (H)
112. *Montserrat del AMO.* **Mao Tiang *Pelos Tiesos*** (C)
113. *Pablo ZAPATA y Juan Luis URMENETA.* **El cocodrilo Juanorro** (A)
114. *Alice VIEIRA.* **Portal 12, 2.° centro** (NR)
115. *Jordi VIVES.* **El coleccionista de estrellas** (A)
116. *Gianni PADOAN.* **La manada del escaramujo** (NR)
117. *José Antonio PEROZO.* **Cuentos mágicos** (C)
118. *Alfredo GÓMEZ CERDÁ.* **Papá y mamá son invisibles** (C)
119. *Enric LLUCH.* **Potosnáguel** (A)
120. *Trini LEÓN.* **Un amigo por un par de tomates** (NR)
121. *Gabriela KESELMAN.* **Papá se casó con una bruja** (C)
122. *Manuel L. ALONSO.* **Arturo ♥ Verónica** (C)
123. *Concha BLANCO.* **¡A mí qué me importa!** (H)
124. *Concha LÓPEZ NARVÁEZ y Carmelo SALMERÓN.* **Tomás es distinto a los demás** (C)
125. *Jordi SIERRA i FABRA.* **Cabello blanco en cabeza peluda** (H)
126. *Kenneth IRELAND.* **La máscara de hombre-lobo** (M)
127. *Joan de Déu PRATS.* **Un safari en el salón** (H)
128. *Rafael ESTRADA.* **La sonrisa del ogro** (M)
129. *Kara MAY.* **Gato, su bruja y el monstruo** (C)
130. *Rafael ESTRADA.* **El tesoro de Caramujo** (C)
131. *Carlos ELSEL.* **Buscando a Tana la orangutana** (A)
132. *Lucila MATAIX.* **Papá no quiere ser pingüino** (C)
133. *Sheila OCH.* **La verdadera vida** (NR)
134. *Elena O'CALLAGHAN I DUCH.* **Un cumpleaños especial** (C)
135. *Luisa VILLAR LIÉBANA.* **Misi-Mus ha desaparecido** (M)